AF467257

LA MORT

DU DUC

LÉOPOLD DE BRUNSWIK,

POËME

ÉPI-TRAGIQUE

EN QUATRE CHANTS.

LA MORT
DU DUC
LÉOPOLD DE BRUNSWIK,
POËME.
ÉPI-TRAGIQUE
EN QUATRE CHANTS.

Par le C.en DEVINEAU, auteur du Printemps, Poëme.

Imprimé pour la première fois en 1787.

A PARIS,

Chez { L'AUTEUR, rue du Four-Honoré, n.o 10.
DENTU, Imprim.-Libraire, Palais-Égalité, galeries de bois, n.o 240.
PETIT, Libraire, mêmes galeries. }

AN VII.

Devineau

LA MORT

DU DUC LÉOPOLD DE BRUNSWIK,

POËME

ÉPI-TRAGIQUE

EN QUATRE CHANTS.

CHANT PREMIER.

Je chante ce mortel, ce prince bienfaisant,
Enlevé par le sort au monde gémissant,
Qui fut humain, sensible, autant que magnanime,
Et qui de sa bonté fut la triste victime.
Filles de l'harmonie ! ô vous sœurs d'Apollon,
Muses, esprits divins du sublime vallon,
Calliope, Clio, déesses du Parnasse,
Accordez à ma lire une sublime audace ;
Et si quelques rivaux sont en lice avec moi,
De l'art du dieu des vers embellissez la loi !
Au Permesse par vous que le fruit du génie

Soit l'émulation d'une noble harmonie,
Soit une sage envie où la gloire à l'écart,
Sur un chemin glissant se livrant au hasard,
Tente le doux espoir d'égaler un semblable,
Et d'un pas périlleux fait une pente aimable!
Et toi de ta bonté victime qui n'es plus,
Toi sur qui l'on versa tant de pleurs superflus,
Que les tiens mille fois aux dépens de leur être,
Eussent désiré rendre au jour qui te vit naître,
Brunswik, puisse une mort où ta bonté fit loi
Avoir une louange au moins digne de toi,
Qui, dans toute ame unie à la reconnaissance,
Avec l'humanité grave la bienfaisance!
Mais pour mieux recevoir un encens qui t'est dû,
Qui puisse dans mes vers être cru, comme lu,
Toi même redis-moi de souffrances dernières
Quels furent les instans et les peines premières!
Ce que d'autres avant peut-être n'ont point su,
Ce qu'ils n'ont point pu voir, ou ce qu'ils n'ont point vu!
Les causes, les effets, les dures circonstances
De ta mort, les lueurs, les tristes apparences!
Comment Dieu la permit! et quel trait infernal
Fit sur la terre un droit du bien avec le mal!
Qui pût causer... que vois-je? ô ciel! est-ce un prestige?
Tu m'apparais, je crois! Ce n'est point un vertige!
Quel tableau m'offres-tu? je le vois, tu m'entends!
Quelle foule d'objets! quels traits par toi frappans...
Ecoutez-moi, mortels! et je vais vous apprendre
Ce que d'autres n'ont point peut-être fait entendre!
Puissé-je dignement vous en peindre les traits!

Daignez être attentifs ! en voici les portraits :
Dix ans loin de nos yeux avaient fui sur la terre
Depuis qu'avait paru le démon de la guerre.
Le monde jouissait d'un bonheur assuré.
Chaque monarque était de son peuple adoré :
Rien n'offrait aux regards une présence vaine.
Tout mortel du travail accélérait la peine :
L'automne et le printems prolongeaient leurs saisons,
Le laboureur heureux recueillait ses moissons.
Et si l'argile était dans ses veines stérile,
Le travail de son bras la forçait d'être utile,
D'offrir à ses enfans sous sa pénible main,
Par de nouveaux efforts le produit de son sein ;
De nourrir à-la-fois le pauvre sous le chaume,
Le faible avec le riche, et l'être sous le heaume ;
Lorsqu'un autre démon, le démon des enfers,
Celui rebelle à Dieu qui rugit dans ses fers,
S'arrachant au sommeil d'un pouvoir léthargique,
Exhala de son flanc la sueur hépatique ;
Et furieux de voir que la loi du plus fort
Voulait recommencer le tems de l'âge d'or,
Ecuma de colère à cette seule idée,
Et d'un dessein affreux l'ame plus possédée,
Devint plus furieux que sans émotion
Il eût pu si long-tems être en inaction.
Dans sa tête roulant des yeux épouvantables,
Il éveilla soudain ses esprits formidables,
Et mouvant les replis de ses sourcils affreux,
Leur adressa ces mots dans ses cachots poudreux :
« Ne ferons-nous jamais plus de mal sur la terre

Que n'en firent jadis la famine ou la guerre ?
Anges soustraits à Dieu, mais dans nos noirs cachots
Contre ce créateur tous armés de complots ;
Esprits, tout comme moi privés de la lumière,
Qui devriez jouir de sa clarté première,
Mais qui restez plongés dans ces lieux souterrains,
L'effroi du créateur et celui des humains!
Laisserons-nous ainsi s'éteindre notre empire,
Sans que quelqu'un de nous de sa fureur expire?
Sans punir ces humains, sans nous venger sur eux
Du lien le plus cher, des plus précieux nœuds,
Sans rendre à ce Dieu même à nous par lui donnée
La détestable horreur de notre destinée?
Jadis tout mon pouvoir de plus d'un prince heureux
Egara la raison, obscurcissant ses yeux,
Le soumit à mes droits, de maux couvrit la terre.
L'un alors fit le mal, l'autre le laissa faire.
Le monde fut privé, pour mon plus doux soutien,
De ne pouvoir juger le mal comme le bien.
La race des humains fut fausse, sanguinaire,
Et le monde devint mon digne mercenaire :
Verrons-nous plus d'un prince avilir notre honneur,
Sur la terre vouloir ramener le bonheur,
Et de justes soutiens insensés prosélites,
N'avoir pas bien plutôt des droits hétéroclites ?
Et quand leurs faibles cœurs, à nos soins furieux,
Jugent avec orgueil nos efforts odieux,
Ne verrons-nous donc pas quelqu'adroit politique
Etablir à jamais son pouvoir despotique ?
Terrasser sans pitié l'indocile vertu,

Montrer tout malheureux sous nos coups abattu?
Faire notre bonheur, le sien par de beaux crimes,
Et tout en souriant étouffer nos victimes?
N'aimer toujours le bien que pour un digne attrait,
Et ne paraître bon que par pur intérêt?
Le fourbe cauteleux tromper, trahir son maître,
Et du sein du berceau revenir à notre être?
L'insidieux dresser plus d'un piége adroit,
Où la vertu succombe, où le vice s'accroît?
Le furieux sans honte, à ses fureurs en butte,
Par des meurtres heureux relever notre chute?
Et calme, de sang-froid dans son inimitié,
Le cœur né sanguinaire égorger sans pitié?
Là la honte, plus loin l'aimable calomnie
Qui cause tant de maux, et toujours l'infamie?
Tous ces dignes soutiens hors de nos sombres lieux,
N'auront-ils donc jamais quelqu'empire à mes yeux?
Et de ce créateur, pour qu'ainsi je me venge,
Ne m'offriront-ils point la nature en échange?
Non, poursuit le démon, non, ne permettons point
Qu'à Dieu notre ennemi tant de pouvoir soit joint.
Du fond de nos climats remontez sur la terre;
On y cite un mortel dont la vertu trop chère
Insulte mes regards, et nous offense tous;
Il se nomme Brunswik; qu'il périsse par vous.
Sa naissance, son nom n'est qu'une vaine idole
Que, selon mes desseins, je rends fausse ou frivole;
Pour moi, comme pour Dieu, ce sont des titres vains,
Préjugés des mortels, et l'encens de leurs mains.
Tel on nous vit jadis par des coups implacables.

A Dieu notre ennemi, qui semblent effroyables,
Au sein de la vertu, de l'honneur, du bonheur,
Moissonner sans pitié plus d'une tendre fleur.
Dans un jour qui pour nous ne brille ni n'éclaire,
Jadis en combattant une indigne colère,
Si nous fûmes vaincus, ce fut le Fils de Dieu.
Mais Brunswik est un homme, et nous le craignons peu.
Tout être comme lui qu'un vain peuple contemple,
De la terre bientôt se montrerait l'exemple,
Et nous ferait trembler au seul nom de vertu.
Un mortel ordinaire en serait peu connu;
Il deviendrait l'objet du mépris, du silence,
Et l'oubli le mettrait bientôt sous ma puissance,
A moins que l'amitié, trait superstitieux,
N'en exaltât dans lui l'effet audacieux.
Allez près de l'Oder: exterminez ce traître;
Qu'il soit en mon pouvoir, et rendez m'en le maître.
Je ne saurais souffrir qu'en place du malheur
Pour jamais aux humains soit donné le bonheur:
Tout être qui respire est né pour le ravage,
Son ame m'appartient, la mort est son partage.
Que la foudre, l'enfer, et la terre, et mes yeux
Soient unis pour sa perte, et trompent jusqu'aux cieux;
Et de ce créateur en égalant l'audace,
Inventez et créez un piége qui terrasse;
Et qu'une sûre embuche offerte à son chemin
Extermine ce cœur que Dieu fit trop humain,
Qui de tout malheureux prêt à sauver la vie
Aime l'humanité, mais ne l'a pas servie.
O mes dignes enfans, mes soutiens, mes appuis,

Que je tiens dans des lieux peu faits pour mes ennuis,
De mon trône, mon rang, vous les dignes compagnes,
Envie, ô mort, allez, ravagez les campagnes!
D'un voile ténébreux obscurcissez les airs!
Traînez après vos pas tous les maux les plus chers!
Allez à leurs excès où rien ne vous échappe,
Par-tout mettre en défaut le barbare Esculape!
Emmenez les fureurs, les noirceurs, les complots,
Et les ennuis de soi tout autant de bourreaux.
La honte, le mépris, la frayeur, la misère,
La famine, la soif (1) et la peste et la guerre,
Tout ce qui peut troubler, égarer la raison,
La flamme, l'eau, le feu, le fer et le poison,
Et ce que Dieu jadis dans toute sa colère
Aux enfans de Caïn accorda pour misère.»
Il dit; tout aussitôt de l'implacable lieu
S'envolent des démons en tourbillon de feu,
Qui du jour infernal passant au jour suprême,
Font un gouffre sous eux qui s'engloutit lui-même.
A leur vue aussitôt le ciel fut attristé,
Et de leur vol affreux l'air devint infecté.
Les plantes se courbant sur leurs tiges périrent;
D'un voile ténébreux les vallons s'obscurcirent.
L'aimable sein des prés, l'ombrage des forêts,

(1) La soif doit être un des maux des enfers. On meurt de soif comme de faim; cela est si vrai, que dans les déserts de Zara en Afrique, un marchand européen dans leurs sables où l'on fait des deux cents lieues sans trouver d'eau, ayant acheté un verre d'eau 10000 ducats, mourut malgré cela avec celui qui le lui avait vendu.

Les présens de Pomone et les dons de Cérès,
Du calice des fleurs la parure arrondie
Cessant tout à-la-fois de donner l'ambroisie,
Perdirent tout-à-coup l'émail de leurs couleurs.
Traînant sur leurs débris la soif et les douleurs,
Des tourbillons brûlans tarirent les rivières,
Et des monstres de feu vinrent de leurs tanières.
Tout aussitôt la terre arrêta tout produit;
Tout germe languissant dans son sein fut détruit.
L'épi n'eut plus de suc, l'arbre de nourriture;
Et le lieu qu'il couvrait sembla sa sépulture.
Les séjours les plus frais, où d'humides roseaux
Elevaient à l'envi l'ombre de leurs rameaux,
Sur un sable brûlé par fentes se séchèrent,
Et leurs frais ornemens sans sève se couchèrent.
Ainsi dans un moment les sujets du démon
En filtrant dans les airs un dégoûtant limon,
Désolèrent les champs que leurs ailes couvrirent,
Et souillèrent les lieux que leurs traces franchirent.

CHANT II.

BIEN moins la canicule au signe du lion
Contraignant l'air prochain de l'âpre scorpion,
Sèche, brûle les champs, et ternit les feuillages
Sur des monstres hideux qui souillent les ombrages.
Bien moins loin après eux le signe des poissons
Attriste la nature, enlaidit les moissons,
Que du vol des démons les traces vagabondes
N'enlaidirent les champs de leurs courses immondes.
Les dignes envoyés du monstre des enfers
Ayant ainsi franchi le vaste sein des mers,
Comme l'aigle s'arrête en planant dans la nue,
Retinrent de leur vol la trace suspendue.
« Vois-tu, dit aussitôt l'un des esprits malins,
Vois-tu, dit-il, au loin ces arides chemins?.
A celui de plus près que ses traces hideuses
Dirigeaient dans les airs sous ses ailes affreuses,
Et guidaient, comme on voit, dans un tems nébuleux,
De livides oiseaux, régler leur vol entr'eux.
Notre maître commun, de qui la prévoyance
Nous donnant son génie, et de tout connaissance,
De Dieu le digne égal a de tout souvenir,
Et connaît le présent, le passé, l'avenir.
Demeurons un moment près des antres du monde,
Et s'il se peut cachés dans une nuit profonde;
Ramenons le cahos, renversons l'univers,

Tout ensemble joignant les cieux et les enfers.
Quoique la terre ainsi (1) nous cache sa courbure,
Dans la nuit nous voyons son oblongue structure.
Vois-tu tous ces humains chacun dans leurs climats,
Les uns mourant de chaud, d'autres par leurs frimats?
Près des bords désolés de l'aride Norwège,
Vois-tu ces champs qui sont toujours couverts de neige?
Du couchant jusqu'à l'est, du midi jusqu'au nord,
La nature nous offre un spectacle de mort.
Vois-tu ces lieux brûlans où d'autres moins semblables
Qui paraissent à Dieu des monstres effroyables,
Boivent le sang humain, et d'égorgés tremblants
Font des mets en lambeaux qu'ils mangent tout sanglants?
Plus loin, bien loin de nous tout remplis de reptiles,
Ces fleuves dans leur sein cruellement dociles?
De ce côté les eaux du terrible Véter (2),
Qui semblent s'engloutir dans un gouffre de fer?
Là les monts de Norwège et les mers glaciales,
Lieux propres pour combler nos fureurs infernales?
Mille gouffres pour nous dont les bords différens
Sont pleins pour nos plaisirs de monstres dévorans?
Dans ce golfe éloigné, bien digne de nos ames,
Ces monstres de leurs dents qui font jaillir des flammes (3)?

(1) La terre est une sphère demi-ronde, applatie par les poles.

(2) Lac dans la Gothie très-profond, qui avec un bruit épouvantable annonce les orages pour le lendemain.

(3) Hippopotame, cheval marin de la mer rouge, appelée

Là cette mer Caspienne, et là ce Pont-Euxin,
A leurs eaux cent torrents portant leur cours divin?
Plus loin de ce côté cette mer atlantique,
Où ses eaux dans leur sein règnent en despotique?
Ces vastes océans dont les spacieux bords
Tiennent pour notre honneur à l'empire des morts?
Et cette mer perfide, et cette mer Baltique,
Tous ces gouffres mouvans jusques au pole arctique?
Ces amas d'eau sans fin, ces éternels étangs
Qui nous peuplent toujours de nos dignes enfans?
A ce spectacle heureux propre à noyer la terre,
Si l'arrêt des enfers pouvait y satisfaire,
Démons, que ferons-nous? Sur le haut des frimats
De feu, de soufre et d'eau ferons-nous un amas?
Ou nous étendrons-nous d'une ourse (1) vers l'autre ourse,
Pour faire remonter les fleuves vers leur source?
Par des vols prolongés en évolutions,
Effraierons-nous par-tout les constellations?
Tâchant de réunir les flammes des comètes,
De faire entrechoquer toutes les sept planètes,
Jupiter et Saturne aux êtres découverts,

ainsi mer rouge à cause des feuilles rougeâtres d'un certain arbre dont elle est couverte ; lequel furieux animal qui naît dans son sein, se défend du lion, et faisant du feu avec ses dents d'une dureté extrême, est le même vraisemblablement dont il est parlé dans la fable, qui gardait la toison d'or en jetant feu et flamme.

(1) La petite et la grande Ourse, constellations.

Dans le gouffre effrayant de l'immense univers,
Et du fond de son comble autour du zodiaque,
Jusqu'aux portes du ciel risquerons-nous l'attaque?
Puis sous des blocs de nitre éclatés par le feu,
Pour pouvoir des enfers satisfaire le vœu
Par l'amas infernal d'une horreur pour nous chère,
Ferons-nous en éclats ainsi sauter la terre?
Ou bien de monts affreux arrachant des glaçons,
Les amasserons-nous dans des gouffres profonds?
Et pour lors de nos bras soulevant des montagnes,
Avec un bruit affreux sur les vastes campagnes,
Irons-nous en remplir les lacs et les étangs,
Pour de leurs bords gonflés couvrir les vastes champs?
Sans doute, poursuit-il; mais vers la Moravie
Allons dans la Bohême entre la Silésie.
Du plus haut de leurs champs fondant sur le Véser,
Nous tomberons rejoints sur l'Elbe et sur l'Oder;
Et les fleuves sortant de leurs plaines mobiles,
Abattront, détruiront, saccageront des villes. »
Il dit; tout aussitôt fidèles à sa voix,
Observant de l'enfer les formidables loix,
Les démons comme lui sous d'effroyables voutes,
Couverts d'un voile affreux recommencent leurs routes;
Et soudain séparés en d'horribles essains,
Chacun dans chaque lieu vont combler leurs desseins.
De la terre en fureur le roulement nocturne
Cache l'un d'eux assis sur l'anneau de Saturne,
Qui par des feux sortis d'un antre boreal,
Tâche de l'arracher de son orbe central;
Et fait de Jupiter, à secousses subites,

Ensemble se choquer les impairs satellites,
Et montrer pour surcroît à ses travaux divers
Un monstre formidable au fond de l'univers.
Les uns coupent des monts, détournent des rivières,
Et couvrent de frimats, des campagnes entières.
D'autres sur le Taurus vont chercher des glaçons,
Ou vers les mers du Nord dans les antres profonds.
D'autres prennent du nitre aux isles atlantides,
Ou vont creuser les bords des fanges méotides;
Sous leur dos se voutant, emportent tour-à-tour
Les énormes rochers de tout hideux séjour,
Leurs antres tout remplis de plantes vénimeuses,
De monstres dévorans et de bêtes affreuses.
Ceux-là volent au sud vers des bords foudroyants,
Mouvoir dans des lieux pleins de monstres effrayants,
Sous la zone-torride, au sein d'un des tropiques,
Les monts engloutissans des sables arabiques.
Dans les antres du nord abattant des forêts,
Ceux-ci font autour d'eux d'effroyables marais;
Près de leur sein affreux déracinent des chênes,
Et traînent avec eux, sous de pesantes chaînes,
Les monstres tous velus de leur séjour d'horreur,
Qui charment les enfers, et font frémir de peur.
Sans peine construisant de bois, de fer, d'argile,
Des énormes bassins sur leurs têtes mobiles,
Emportent dans les airs de lieux les plus affreux
Le limon dégoûtant de marais tout bourbeux.
D'autres vont agiter, sur les plus noirs rivages,
Dans des outres de fer les vents et les orages;
Sondent les océans, se plongeant dans leurs seins,

Attachent après eux tous les monstres marins,
Leur pesanteur énorme à figures horribles,
Et les plus dévorans comme les plus terribles;
Et s'envolant chargés sous un poids effrayant
De soufre, de salpêtre et d'un feu foudroyant,
En font tout aussitôt d'une poudre nitreuse,
D'eau, de fer, de bitume, une matière affreuse;
Et prenant de rechef un des vols les plus prompts,
Vont soudain les placer sous les plus vastes monts,
Tâchant par l'eau, le fer, la flamme réunie,
D'unir l'enfer, le ciel et la terre en furie.
Puis rebroussant leur vol aux déserts de Zara,
Aux bords du Caffre affreux, et des côtes d'Adra,
Loin des champs boréals troublent des lacs paisibles,
Vont dans les mers de l'Inde armer des lieux horribles;
Près d'un cercle polaire, entourés de glaçons,
Creuser avec le feu des abîmes profonds,
Sillonnant autour d'eux un brûlant parallaxe,
Pour pouvoir détacher la terre de son axe.
Parcourent de nouveau les vastes continens,
Allument sous leur vol tous leurs feux calcinans,
Les volcans, tous les monts, l'Etna, les Cordilières,
Et de leurs fronts cuisans les cîmes meurtrières.
A des travaux si prompts, pour la première fois
L'enfer de la fatigue éprouva tout le poids.
Les démons sans courage, à leurs travaux informes
Cessèrent les desseins de leurs projets énormes:
Dans ce même moment le prince des enfers,
Qui croit voir comme Dieu dans le vaste univers,
Pensant que les sujets de son empire immonde,

Après avoir franchi les colonnes du monde,
Et sur les vastes champs, ainsi que dans les airs,
Sans cesse parcouru l'intervalle des mers,
Avaient au moins besoin d'un doux soporifique,
Leur envoya soudain un sommeil léthargique;
La cohorte infernale en sentit le pouvoir,
Fatiguée, oublia sans peine son devoir.
Comme ailleurs le tocsin cause l'effroi, les larmes,
La cloche des enfers n'eut pour eux que des charmes:
A l'instant les démons s'abaissant sur les champs,
Livrèrent au sommeil leurs néfrétiques sens;
En blocs amoncelés s'assemblant s'endormirent,
Tels que d'affreux oiseaux dans la nuit se retirent;
Ou bien comme l'on voit des reptiles affreux,
Entortillés ensemble en replis tortueux,
D'un sommeil léthargique effrayer la nature,
Lorsqu'aux chaleurs d'été succède la froidure (1).
Tel le lit des démons par eux fut infecté;
Et le jour s'enfuyant en cacha sa clarté.

(1) Je n'entends point parler ici des lieux agréables de l'Asie, comme Pekin et d'autres, où il règne, à ce qu'on dit, un printems perpétuel; mais, comme je le fais entendre deux vers après, de ces lieux au nord, aux deux poles, au sud même, au sein des zones, où naissent des reptiles affreux dans certaines îles où sont certains habitans, d'après ce qu'en dit le père Buffiers, horriblement barbares.

CHANT III.

Eclairant de nos maux l'inévitable source,
Le soleil avait fait la moitié de sa course.
Le laboureur aux champs voyait si ses guérets
Etaient encor remplis des présens de Cérès.
L'heureux cultivateur des heureux dons de Flore
Rafraîchissait ses fleurs des larmes de l'aurore.
L'observateur ardent sur la terre en travail,
De toute la nature examinait l'émail.
Le moissonneur tranquille auprès d'une onde claire
Attendait que Cérès eût embelli la terre.
Le bucheron, au bois, faisait sur le cyprès
Du tranchant de son fer retentir les forêts.
L'artiste vigilant montrait l'adresse unie
Au coloris flatteur du fruit de son génie.
Un autre polissait détaché du biseau
Un ouvrage arrondi sous le coup du ciseau.
De l'univers le sage observait l'harmonie.
Le commerçant faisait valoir son industrie.
La richesse opulente appréciait son or.
Le serviteur de Mars à Mars s'offrait encor.
Lorsque frappé d'un cri, qui tous les appelèrent,
Les sujets du démon tout-à-coup s'éveillèrent;
Et voyant que le jour éclairait leurs complots,
Etaient prêts à s'enfuir au fond de leurs cachots.
Alors qu'un d'eux frottant ses paupières horribles

S'écria : « Quel démon, quels coups pour nous terribles
« Nous ont donc fait trahir le maître des enfers?
Serait-il parmi nous quelque odieux pervers?
Alors apercevant celui qu'un zèle impie
Promet de consacrer à toute leur furie,
D'un cri sans être oüi soudain frappant les mers,
La moitié des démons disparaît dans les airs;
L'autre moitié, pour lors, sur la terre gissante,
Y laisse demeurer sa trace croupissante.
Pardonne moi, lecteur, je m'arrête un instant;
Il faut te rendre ici le tableau plus frappant.
Sans cela ce qu'il faut un peu que je t'explique
Te pourrait bien paraître un portrait fantastique:
Je cite, touche un point que bien différemment
A peint le paganisme en son aveuglement.
Si ma religion ne m'offrait le contraire,
Eût-on cru le démon causer tant de misère?
Cependant tous ces maux, cet être malfaisant (1),

(1) Je pense bien que ceux que l'on appelle communément esprits forts, qui, à ce que l'on dit, ne croient point à un être suprême, fremiront de leur apparente incrédulité, si elle est exactement vraie au fond de leurs cœurs; malgré tout athéisme, fondé sur un doute réfléchi d'insuffisantes lumières de notre faible raison, que l'aspect seul de l'univers absorbe, et non sur des probabilités convaincantes. Il y a, par malheur pour l'humanité, certainement un être très-méchant, caché dans l'univers, invisible comme Dieu même; il est de la plus haute antiquité, attesté par-tout comme ce même être suprême, cité dans le paganisme sous mille noms différens; de même dans l'idolâtrie, sous des traits effroyables.

Les a tous fait passer au monde gémissant.
Et ce fut aussitôt que notre premier père
Fut trompé, se trompa, rendit sa peine chère.
Oui, ce fut cet esprit dans ce premier moment
Qui perdit les mortels et fit notre tourment,
Avant Sem, après lui, qui fit bien pire encore,
Qui causa tant de maux, et qui perdit Gomhore;
Qui troubla, brouilla tout, eut plus d'un Osiris;
Sous les traits de la fable enfanta Busiris,
Fit un mêlange affreux de sa haine en furie,
Trompa le ciel, sa loi, fit immoler Urie;
Aux enfans d'Israël découvrit le veau d'or,
Et qui s'arma toujours de la loi du plus fort.
Ainsi tel que la fable a fait voir que Prothée
Put rechanger d'aspect aux plaintes d'Aristée (1).
Tel, selon ces momens pleins d'emblêmes d'esprit
Qu'aux triomphes d'Hercule Achéloüs s'offrit (2),

Ainsi, comme tous les peuples ne peuvent s'être entendus ensemble pour en être convenus, à cause que la diversité des langues détruiroit seule cette prétendue convenance; par conséquent cet être malin sans cesse a régné, et a toujours eu quelques prosélites que son odieux pouvoir séduit.

(1) Tout le monde sait qu'Aristée étoit un berger, qui élevant des abeilles, causa la mort d'Euridice par sa poursuite amoureuse, et fut consulter Protée, dieu marin, pour apprendre de lui ce qui avoit occasionné la mort de ses abeilles, qui le lui avoua, après avoir pris plusieurs formes differentes.

(2) Achéloüs, fils de l'Océan ou du Soleil, qui combattit

Tel, dis-je, avant ces tems d'ingénieux mensonges,
De superstitions et d'agréables songes,
Qu'un rebelle parut tout en se transformant,
Et vint nous perdre tous, en séduisant Adam;
Tel chacun des démons à l'instant se transforme.
L'un a d'un coutelas la pesanteur énorme;
Et l'autre d'un vautour prend le plumage affreux;
Cet autre qui se change en un bloc tout poudreux,
Sur la terre gissant ne prend figure aucune.
Brunswik en ce moment soulageait l'infortune,
Aidait aux malheureux, se montrait sans appui,
Se suffisant lui seul, n'avait pour lors que lui.
Un cœur sincère et pur n'a pas besoin d'escorte.
Sa vertu qui le suit, est l'arme la plus forte:
Mais quand il aurait eu l'appui le plus certain,
Aurait-il du démon prévu l'espoir malin?
Dieu même qui nous fit pour l'aimer et l'entendre,
Dieu même en ce moment ne pouvait le défendre.
Un voile par l'enfer étendu sous les cieux
Déguisait de ses coups le pouvoir à ses yeux.
Lorsqu'ainsi ses fureurs recèlent un mystère,
Dieu ne voit point alors tous les maux de la terre.
L'ange rebelle à lui lui seul a ce pouvoir:
Mais sitôt qu'au ciel même un ange le fait voir,
Ou que son jour heureux se découvre lui-même;

sous plusieurs formes pour Déjanire contre Hercule, qui lui arracha, le voyant changé en taureau, une de ses cornes, pour laquelle Achéloüs, afin que son vainqueur la lui rendît, lui donna la corne d'Amalthée, appelée celle de l'abondance.

Soudain le voile tombe à sa bonté suprême.
De Brunswik un moment ainsi fut le destin,
Que Dieu n'aperçut point sur lui l'esprit malin.
De lois sans les changer dont Dieu seul est le maître,
Brunswik s'entretenait en les sachant connaître.
Il voyait un vieillard sans appui que ses mains,
Prêt à payer au sort le tribut des humains,
Et là d'un faible enfant l'innocence sincère,
Nourrie alors peut-être au sein de la misère,
Près de lui d'un berger sans doute plus heureux,
La vie humble et champêtre, objets moins douloureux;
Ensuite dans les bois, sous un épais feuillage,
Un horrible vautour dévorant son image,
Et la cruelle dent d'un vorace inhumain
D'une triste victime assouvissant sa faim.
Différent en cela de ces monstres horribles,
De ces tyrans affreux hippocrites terribles,
Qui plongent de leurs mains l'épouvantable horreur
Dans tout sein malheureux objet de leur fureur.
Un moment il disait : Dieu! quelle arme cruelle
A mis ta grandeur même en divorce avec elle?
Si l'erreur, à ce trait, pouvait blesser son cœur,
Si pour nous de faillir est cette même erreur,
Du Créateur pour lors la bonté moins sévère
Avait quelque pitié de l'humaine misère.
A l'instant à ses pas la profondeur des mers
Semble en fureur s'unir au vaste sein des airs.
Par l'enfer même au ciel la guerre est déclarée,
Et de feux dévorans la terre est entourée :
Aussitôt tous sortis des vastes océans,

Du saccageant Borée accourent les enfans.
Les fleuves dans leurs lits avec effort se roulent;
Les monts sont soulevés, et leurs pierres s'écroulent:
Le Veser furieux frissonne dans son sein,
Et fait des larges prés un humide chemin.
L'Oder épouvanté fuit loin de son rivage,
Et croit voir sur la terre un éternel orage.
Un voile ténébreux obscurcissant les airs,
Semble joindre le jour à la nuit des enfers:
Les frimats en amas, la grêle, le tonnerre
Sur son axe ébranlé, font chanceler la terre.
Du fond de la Bohême aussitôt des glaçons
Poussés, accumulés, se roulant par flocons,
Sur des toîts en débris, sur des plaines mouvantes,
Semblent traîner des mers les ondes effrayantes.
Les côteaux, les hameaux renversés, submergés,
Font par-tout voir les champs saccagés, ravagés,
Et n'offrant plus qu'un lac que les eaux environnent,
Que les oiseaux tremblant en fuyant abandonnent,
Dans les lits tous épars des fleuves, des torrens
Entraînent vers les mers des morts et des mourans.
Des vierges, des enfans gissent sur la mamelle
Arrachés pour jamais à l'ame paternelle.
Là s'enfuit en pleurant le pauvre laboureur.
Là périt sous les eaux l'enfant du moissonneur,
De leur sein en courroux n'ayant pu se défendre.
Plus loin des cris, des pleurs par-tout se font entendre.
Le pâtre au désespoir, les yeux levés aux cieux,
Voit périr en tremblant tout son bien précieux.
Le pauvre dans son champ, qui pour bonheur unique

Possédait sous le chaume un toît simple et rustique,
Au déclin de ses ans par le sort attesté,
Le voit sans nul secours emporté, dévasté.
Lecteur, en ce moment sens-tu l'effroi pénible
De ton cœur, de toi-même, et d'une ame sensible?
Pour tous ces malheureux près des prochains vergers
Ton cœur aurait lui-même affronté les dangers!
Alors l'esprit malin les fait croître à la vue.
De peines, de sanglots Brunswik a l'ame émue.
Là le démon le met sous son droit infernal.
L'esprit malin toujours a fait du bien un mal:
Ce prince, en ce moment, l'ame compatissante,
Ainsi touchée, émue, à la voix gémissante
De plus d'un malheureux implorant tout secours
Dont l'enfer à dessein laissait couler les jours,
Craignant peu le danger qu'il aperçoit extrême,
L'affronte en oubliant son rang, tout, et lui-même.
Sur un léger esquif, non loin des siens porté,
Vole servir son cœur avec l'humanité.
Tel un héros français dans le champ de la gloire (1),
Du péril entouré remporta la victoire;
L'ennemi le surprend, lui défend de parler:
« Au moindre cri, dit-il, traître, on va t'immoler;
Se voyant dans ses mains, » Français, dit-il, aux armes,
Je meurs; mais cette mort n'a pour moi que des charmes!
Et montrant aux bourreaux la place de son cœur,
Il périt sous des coups de monstres en fureur.

(1) Le chevalier d'Assas.

Telle aux travaux de Mars une digne héroïne (2),
Elevée au-dessus de sa simple origine,
Prise dans un combat par l'ennemi tremblant,
Périt par un conseil ignorant et sanglant,
Victime de son sort, mise au rang des coupables,
Faisant plus abhorrer des monstres détestables.
Tels plus d'un héros Grec, et plus d'un vrai Romain
Donnèrent tout leur sang aux lois du genre humain;
Tel enfin tout mortel, et tout cœur magnanime
S'immola, quand le sort voulut un trait sublime.
Vainement à Brunswik on montre pour son rang
Tout le risque qu'il court, que le péril est grand.
« Si ceci du bonheur fut pour être l'arbitre,
Dit-il, montrant aux siens l'appareil de son titre,
Comme ces malheureux un jour je dois mourir;
Ainsi qu'eux je suis homme; il faut les secourir.
Cet aspect effrayant n'a rien qui m'épouvante,
Et je ne saurais voir l'humanité souffrante.
L'aimer et la chérir est un charme pour moi.
C'est mon titre, mon rang, et c'est ce que je croi: »
Alors du matelot pressant la vigilance,
Jusques à ses efforts il baisse sa naissance.
A ces mots, à ces traits, les démons furieux,

(2) Jeanne d'Arc, plus communément connue sous le nom de Pucelle d'Orléans, prise dans une sortie au siége de Compiègne, conduite à Rouen, et condamnée à être brûlée comme sorcière, par un conseil autant ignorant que barbare, comme dit très-bien Voltaire, qui auroit dû au contraire honorer son courage. Il y a quelques historiens qui prétendent qu'elle fut mariée à un seigneur anglais; mais cela paraît fabuleux, comme ajoute Voltaire.

De plus près l'observant se cachent plus aux cieux.
Et tel qu'un épervier du jour perce la voie,
S'élève, tourne, plane et tombe sur sa proie;
De même ayant plané jusqu'alors dans les airs,
Elancés tout-à-coup des ténèbres des mers,
Ils fondent sur l'esquif qu'il semble qu'ils secourent,
Et sous divers aspects voltigeant ils l'entourent.
Ici, lecteur, encore excuse, passe-moi
Des traits minutieux qui me font une loi;
Souffre-m'en les détails; ils ont besoin d'optique.
L'enfer marche toujours par une courbe oblique:
Quand le cœur reste pur, il ne peut provoquer
La vertu qui le brave, et qu'il n'ose attaquer;
Alors tous les biais il les met en usage,
Et tout en rampant, même attaque le courage.
Tantôt avec bassesse au sein de sa fureur,
Souple, humble, humiliant, il comble son horreur.
Tantôt fier, plein d'audace, et brutal par malice,
Il combat de biais sous un mince artifice,
S'armant mesquinement de cauteleux efforts.
Ainsi tels les démons mouvaient tous ces ressorts.
L'un en se revêtant de sa flamme brûlante,
Cherche à pencher, verser la nacelle flottante.
L'autre tout aussitôt portant ses feux dans l'air,
Contrefait à ses yeux la lueur de l'éclair.
Un autre du pilote alourdissant la rame,
D'un filet sous l'esquif embarrasse la trame,
Et touchant de ses pieds la cîme d'un vallon,
Offre aux bras du pilote un horrible sillon.
Un autre se transforme en une vase affreuse

Qui traîne sur les champs une eau noire et bourbeuse.
Celui-ci sous l'esquif porte en forme d'engrais
Les herbages affreux de lugubres marais ;
Du pilote Brunswik aide la vigilance,
Evite les dangers, l'en avertit d'avance ;
Et rassurant son cœur au péril frémissant,
Rend par-tout du démon tout piége impuissant (1).
Les sujets des enfers, en écumant de rage,
Commencent à manquer de ruse et de courage.
Lorsque l'un d'eux pour lors en un bloc épaissi
Sur la face de l'eau met son corps rendurci,
Et présente au pilote une figure informe ;
Tout aussitôt un autre en monstre se transforme,
Et montre au nautonnier le péril d'un côté,
De l'autre un monstre affreux par l'enfer apporté,
Et Caribde et Silla sans cesse à sa poursuite (2),
Que l'art du nautonnier prévient comme il évite.
A l'instant Léopold, d'un coup sûr et certain,
A déja terrassé l'affreux monstre marin

(1) Je crois que l'on peut faire à volonté le mot piége de deux ou trois syllabes. Il est ici de trois ; je l'ai fait dans le Chant premier de deux, dans ce vers :

Inventez et créez un piége qui terrasse.

(2) Deux écueils fameux chez les anciens, à la pointe de la Sicile au phare de Messine ; quand on voulait éviter l'un, on tombait dans l'autre. Ce qui, lorsque l'on cherchait à se mettre à l'abri de quelque accident dont on ne pouvait se préserver, a fait passer chez les anciens ce proverbe en usage, (tomber de Caribde en Silla.)

Qui, si jadis un ange au Créateur fidèle
N'eût comme lui défait un traître à Dieu rebelle,
Et qui, si tout chrétien combattant comme lui,
En mourant n'eût eu Dieu du moins pour son appui,
Ferait encore croire à ces momens de fables,
A ces tems vrais et faux autrement effroyables,
Lorsque le sang d'Accrise (1) abattit sous ses coups
Un monstre suscité par Neptune en courroux.
Lorsque Bellerophon (2) dans une peine amère
Vertueux combattit et vainquit la chimère;
Et lorsqu'Hercule aussi sous ses terribles mains,
A la terre immola les monstres des humains.
Enfin l'enfer cédait, et privé de sa joie,
Vaincu, paraissait fuir, abandonner sa proie,
Lorsqu'un démon semblant venir du fond du nord,
Tient des feux dévorans sous les pas de la mort;
Sans que Brunswik le voie, il effraye, il étonne
Le pilote tremblant, à ses yeux qui frissonne.

(1) Persée qui délivra Andromède.

(2) Bellerophon, fils de Glaucus, roi de l'Epire, héros de la fable, qui par malheur ayant tué son frère Pirène à la chasse, se réfugia chez Proclus, roi d'Argos, et qui n'ayant point voulu écouter sa femme Sténobée, fut accusé par elle d'avoir voulu la séduire. Proclus son mari, pour se venger de cette offense supposée, envoya Bellerophon chez Iobale, père de Sténobée, lequel lui ordonna pour punition d'aller combattre la chimère, monstre qui ravageait les champs, que Bellerophon vainquit, et qui ensuite, après avoir prouvé son innocence, et fait plusieurs belles actions, reçut des mains d'Iobale pour récompense, son autre fille Philonoée.

Un autre tout chargé de frimats, de glaçons,
Les pousse sur l'esquif, près de gouffres profonds.
Le nocher croit d'un monstre encor voir la puissance;
Tremblant, saisi, fuit, cède et perd toute espérance.
Léopold vainement rassure ses esprits,
L'enfer les a troublés, l'enfer les a détruits;
Et sur le monstre affreux que ce prince terrasse,
L'esquif tout déchiré se brise et se fracasse;
Et sur un gouffre ouvert les démons les plus forts
Du prince malheureux engloutissent le corps.
Aussitôt pour combler leur infernale gloire,
De lugubres lauriers ils ornent leur victoire,
Et creusent dans le lieu que souille leur fureur,
Un gouffre en s'enfuyant d'un aspect plein d'horreur.
Ce fut en vain pour lors qu'en son jour effroyable
Brunswik voulut braver leur fureur exécrable.
Ils avaient sur ses coups mis un poids immisceant;
Et la mort l'entoura dans l'Oder frémissant :
Ainsi périt ce prince humain, bon, magnanime,
Qui d'un trait bienfaisant fut la triste victime.
L'air en fut attristé, l'enfer s'en applaudit.
Tout bonheur à son sein fut encor interdit :
Le prince des démons pour insulter sa proie,
Osa jusqu'à Dieu porter toute sa joie.
On ajoute qu'alors sourit l'esprit malin
De s'être ainsi fait voir l'effroi du genre humain.
Cessant de se montrer, et d'éclairer le monde,
Le jour alla cacher tous ses forfaits dans l'onde.
Et l'appui des démons dans ses durs tribunaux
Retint autour de lui ses esprits infernaux.

CHANT IV.

L'AURORE au tein d'émail, de roses parsemée,
De la terre éclairait la fraîcheur embaumée;
Ses rayons bienfaisans, sous l'ombre du cyprès,
Paraissaient rassurer l'habitant des forêts,
Ornaient de l'horizon la parure azurée,
Et loin d'elle chassaient les enfans de Borée.
Aussitôt que l'enfer eut comblé son dessein,
Au départ des démons le jour fut plus serein.
Quoiqu'un affreux désastre encor couvrit la terre,
D'un ange bienheureux la présence plus chère
Paraissait y porter sa bienfaisante main.
Les fleuves s'étaient tous rapprochés de leur sein;
L'Oder coulant ses eaux purgeait des pas immondes,
Et roulait dans son lit paisiblement ses ondes.
Mais sitôt que le jour eut porté son flambeau
Sur des lieux un moment un lugubre tombeau,
Qu'il eut fait voir les champs, les familles entières
Détruites par l'effroi des lacs et des rivières,
Des villes, des hameaux par les eaux entraînés,
Des monumens détruits, des monts déracinés,
Les bois couchés, versés, privés de leurs feuillages,
Les champs séchés, détruits, brûlés et sans ombrages,
Les corps tout déchirés de pauvres malheureux
Par les ronces, les eaux et les vents ténébreux;
Sur leurs champs saccagés des époux et des pères,

Des vierges sur le sable à côté de leurs mères,
Des corps froids et glacés sur leurs toîts en monceau,
Sur la vase étendus des enfans au berceau;
Moins que n'en eût causé le Dieu Mars et ses armes,
Ce spectacle effrayant fit redoubler les larmes.
Ceux qu'une prompte fuite à la merci du sort
Avait pu garantir des fureurs de la mort,
De retour vers leurs toîts, auprès de leurs chaumières,
Levant les mains aux cieux pour touchantes prières,
L'un pleurant sur le corps de son père expirant,
L'autre une chère fille, ou bien son fils mourant
Arraché par les eaux à toute sa tendresse,
Le seul bien qui pouvait consoler sa vieillesse:
Songeant tout aussitôt à d'aussi durs destins,
A celui qui sur eux de bienfaisantes mains
Avait voulu prêter le secours salutaire,
A Brunswik, en un mot, à leur prince, à leur père,
Eplorés, éperdus, s'écrièrent en pleurs:
« O Brunswik! serais-tu compris dans ces malheurs?
Toi qui nous secourus, dont l'ame bienfaisante. . .
Ne pouvant achever, l'ame plus gémissante,
L'un aussitôt le cherche entre ses fils mourans,
Et l'autre sous ses toîts détruits par les torrens,
En invoquant le ciel que leur douleur implore,
Pleurant leurs biens, leur sang, et plus leur prince encore.
Lecteur, pour de leur sort voir mieux la perspective,
Prête encor davantage une oreille attentive.
Il est dicté pour lois à l'enfer, son horreur,
Quand sa rage a comblé quelque noire fureur,

Lorsque quelque méchant lui donnant un hommage,
De son empire affreux s'est rendu le partage;
Pour droits; dis-je, aux enfers il est permis pour lors
De ne prendre que l'ame, et de laisser le corps.
Mais si par un malheur la vertu qui succombe,
Emporte en finissant son bonheur dans la tombe,
Il n'en peut disposer; l'endroit est un saint lieu.
Le cœur qui reste pur va dans le sein de Dieu:
A travers cet espoir de bontés lumineuses
Accordé par Dieu même aux ames bienheureuses,
Tu vois facilement que l'enfer se trompa,
Et qu'ainsi dans les coups que sa fureur frappa,
Par ce prince bravant son infernale flamme,
Il ne put disposer ni du corps ni de l'ame.
Lecteur, à ce tableau peins-toi dans leurs douleurs ,
Ces malheureux cherchant Brunswik sur leurs malheurs,
Ici sur les débris d'une simple chaumière,
Et plus loin sur des corps privés de la lumière,
Le demandant encore à l'univers, aux cieux.
Hélas! dans ce moment quels traits frappent leurs yeux!
Ils approchent plus près, pleins d'une morne joie,
Ils tremblent qu'à leur peine une nouvelle proie...
Que leurs cœurs, que leurs sens, leurs yeux, leurs pas tracés...
En effet, tout-à-coup, tremblants, d'effroi glacés,
Quel aspect intimide , épouvante leur ame?
Le pensent-ils bien voir?... quelle infernale trame?...
Ne se trompent-ils point, est-ce un crime aperçu?
Non, il n'est que trop vrai, leur cœur est convaincu.
Ils le trouvent, ô ciel! couché sur un branchage.

Dieu ! quel trait! quelle vue! et pour eux quelle image!
Cette vue à l'instant n'est qu'un cri de douleur;
L'un se jette à ses pieds pleurant plus son malheur.
Un autre préférant la nuit à la lumière,
S'engloutit sous un poids reste de sa chaumière.
Cet autre-ci sans voix, en détournant les yeux,
Se déchire le sein, prêt à s'en prendre aux cieux.
Ce dernier se couvrant le corps de meurtrissures,
Y joignant de ses mains blessures sur blessures,
De sa triste douleur le garant non moins cher,
Va se précipiter dans le fond de l'Oder.
Ainsi tous résolus pour jamais à le suivre,
Accusent leurs destins, et cessent d'y survivre,
S'écriant : « O mon prince ! ô mon père, ô mon roi!
O Dieu! tout comme nous ton cœur était ta loi!
Alors à ces sanglots dont les bois retentirent,
Etonnés et surpris les cieux enfin s'ouvrirent.
Le jour devint plus pur; le sein de Dieu parut.
Le ciel vit leur douleur; un ange l'aperçut;
Le digne précurseur de la bonté céleste,
Et celui pour jamais que sa splendeur atteste.
Le voile que l'enfer avait mis sous les cieux,
A l'instant fut poussé jusqu'aux plus profonds lieux.
Et voyant tant de maux, une peine si chère,
L'ange consolateur vint s'offrir à la terre;
Le même qui toujours son digne serviteur,
Epanche en lui son sein des bons le protecteur.
Les fleurs, à son aspect, reprirent leur parure;
L'ombrage des forêts son aimable verdure,
Le coloris des prés son brillant incarnat.

Et sur leur pur émail muni de son éclat,
Aux colonnes du ciel où règne la lumière,
Du séjour bienheureux il franchit la barrière,
Et d'un de ses regards environné d'azur,
Des portes de la nuit chassant le voile obscur,
Il arrête à l'instant par sa douce présence
De tout leur désespoir la dure violence.
« Retenez, modérez ce triste égarement,
Leur dit-il, Léopold vit éternellement.
A Dieu votre douleur comme la sienne est chère,
Son ame est dans les cieux, et son corps sur la terre :
Qu'à l'instant un tombeau soit le digne garant
Qu'à sa vertu l'on doit aussi bien qu'à son rang.
Montrez-y désormais les plus tendres des larmes.
La douleur la plus pure a pour les cieux des charmes.
Brunswik que vous pleurez, au rang des bienheureux
Ne peut plus ressentir de momens douloureux;
Et dans ce jour brillant, désormais plus tranquille,
Il a l'immensité, l'univers pour asile.
Mais Dieu qui dans l'instant le retient près de lui,
Par lui de vos douleurs s'est déclaré l'appui;
Au sein de l'univers je l'aperçois moi-même;
Sans vos faibles regards vous le verriez de même.
Oui, je vous le répète, il est aux cieux, il vit.
Allez, faites, dit-il, ce qu'un ange vous dit.
L'ange consolateur pour présence dernière
Disparaît, à ces mots, sur un trait de lumière,
Et laisse en s'envolant l'horizon émaillé
Jusqu'à l'éclat divin du séjour étoilé,
Et le soleil sorti du vaste sein de l'onde

Modérer son flambeau pour éclairer le monde.
Sur le corps de ce prince aussitôt la douleur
Fait dresser un tombeau digne de son malheur.
Des guirlandes de fleurs à l'instant sont placées
Sur son corps tout couvert de roses enlacées.
Auprès est la candeur, l'amitié, l'équité,
De la clarté du jour l'aimable pureté.
De la simple vertu l'esprit doux et tranquille
Fait du lieu qui l'entoure un agréable asile:
Au moment les mortels, les yeux baignés de pleurs,
Y vont tous abattus déposer leurs douleurs.
On y voit le cœur faible et la triste allégresse
Y rechercher les pas de l'austère sagesse,
Et des prés émaillés aux êtres renaissans
Offrir un doux repos à leurs cœurs gémissans;
Et dans le court espace où notre ame est ravie,
Faire ainsi prolonger le songe de la vie;
Au destin des humains assurer qu'en mourant
La vertu tout du moins a le ciel pour garant,
Et que sur l'espoir seul qu'elle-même se fonde,
Elle est l'appas du sage, et le bonheur du monde.
Ainsi Brunswik, ainsi l'on exalta ton cœur;
L'enfer en disposa, mais tu restas vainqueur.
J'ai chanté ta vertu, ta bonté, ton courage;
Heureux dons que le ciel t'accorda pour partage,
Et des cœurs bienfaisans la sensibilité
Que suit toujours de près la générosité.
Puisse par toi mes vers au temple de la gloire
Etre écoutés et crus, conserver ta mémoire!
Puisse-t-on voir aussi sur ta tombe incrusté :

« Imitez Léopold, servez l'humanité!
Tout comme lui, mortels, aimez la bienfaisance.
Il eût dû vivre plus pour digne récompense.
Il chérit, il plaignit son semblable au malheur,
Le voulut secourir, soulager sa douleur.
D'autres ont été grands dans la paix, à la guerre;
Au bonheur des humains si leur ame fut chère,
Si par-tout toujours tels à l'auguste équité,
Ils ont joint, ont uni la magnanimité;
Toi, tu n'es pas moins grand, Brunswik, ta bonté chère
Fut justement pleurée, et vivra sur la terre!
De même en triomphant comme un ancien Romain (1),
Dans ton destin tu fus l'appui du genre humain,
Et comme lui t'offrant le bienfaiteur du monde,
L'enfer t'ensevelit dans une nuit profonde.
Tu mourus sa victime, et même au champ d'honneur,
Vis éternellement dans le sein du bonheur!
Et vous, grands de la terre! ô vous que l'on doit croire,
S'il faut qu'un tel trépas honore votre gloire,
De vous, de vos vertus, et du monde l'appui,
Mourant comme d'Assas, vous mourrez comme lui!

(1) Brutus, le meurtrier de César, qui sacrifia aussi-bien sa vertu, étant philosophe stoïque, que les jours du dictateur à la liberté romaine; action prise à part, selon la philosophie tant ancienne que moderne, et selon nos lois plus douces, sans contredit barbare et violente, mais approuvée par les lois romaines et celles de Publicola; lequel vertueux romain n'en fut pas moins la victime d'une bizarrerie singulière d'évènemens cruels et de cupidité malicieuse.

Quant à moi si j'ai peint la vertu malheureuse,
De la calamité l'image est douloureuse :
Ainsi plus d'un héros sur la terre a péri.
Honorons tout trépas indigne de l'oubli:
Il est tems de finir. Si malgré moi la fable
S'est glissée en mes vers sous plus d'un trait palpable,
Ou si d'un faible élan mouvant mal le ressort,
J'ai pu joindre au tableau des ombres sans rapport;
O toi! lecteur! pardonne à mon faible génie,
A l'art si n'ayant pu te montrer mieux unie
L'exacte vérité sous quelque fiction,
J'ai chanté mal peut-être une belle action!

FIN.

www.ingramcontent.com/pod-product-compliance
Ingram Content Group UK Ltd.
Pitfield, Milton Keynes, MK11 3LW, UK
UKHW020417220726
13923UKWH00005B/2005

9 782019 246952